現代・北陸俳人選集

宮前はやを句集

雪渓

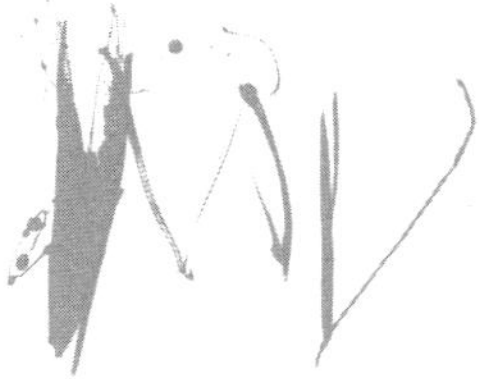

目次

宮前はやを句集

●

雪渓

餅花

昭和三九年～四三年

昭和三九年

初山に杣の唄声父子らし

成せること成さざること等春浅し

窓枠の二重に見えて春の風邪

佳き神籤藤に結へて旅たのし

持ちくれし山百合匂ひ始業ベル

木琴を習ひ覚えて梅雨籠

桶一つ波間に揺るる天草採

灼けて着く機関車手入れ老駅夫

山静か分校静か夕月夜

鬼灯や妻の思春期聞かさるる

外灯の淡きがこぼれちちろ鳴く

黄蝶飛び峡の刈田の一日かな

子を諭す女教師白き息を吐き

倖せの歌を斉唱炉を囲み

謄写室底冷つのる灯りかな

昭和四〇年

春の雪土曜のビルの人を吐く

手に笊を腰に縢《かがる》を海苔採女

灯台の点滅霧の漂ひて

ちかちかと沖の漁火霧流れ

無人駅降りて冬涛目の当たり

紺碧の能登大入江冬日照る

馬乗せてダンプが通る大根引く

海鳴や寒灯ゆらぐ宿に泊つ

一族の墓の並びし寒椿

寒の雨五輪の塔を打ち濡らし

昭和四一年

駅の灯の海を染めゐる晩夏かな

蜩や谷の底より湯の煙

夜の秋客間に師あり遠汽笛

竹藪の径に猫ゐる良夜かな

絵筆持つ少女の胸の赤い羽根

竿さして蔵の屋根より柿を捥ぐ

妻よりの長き電話や時雨宿

口髭の新聞店主掛を乞ふ

昭和四二年

筵編む機音響き松の内

雪降るや舟の塗汲む女舸子

足とめて俄か吹雪に背を向ける

奥能登の海の暗さや磯千鳥

昭和四三年

餅花やランプを吊りて荒磯宿

注連飾地神祀りて山家かな

拝殿の屋根の金文字春の雪

箸神てふ箸を供へて椿咲く

宿一歩出づれば辺り干若布

春立つや客に抱かれて泣く娘

春雨や牛鳴き里の夜明け来る

どやどやと真夜の客あり梅の宿

隣人の訪れ喜雨となりにけり

七浦の岬まで見えて夏座敷

道一つ隔て稲架建つ住居かな

朝寒やみな浜を背の松並木

冬晴れて山の学校真新らし

中天にケーブル吊るし山眠る

境内に独楽廻しをり一茶の忌

籾袋梁に吊るして避寒宿

茶を啜り炉辺に牛売る話かな

時国の庭の箒目木の葉落つ

春時雨

昭和四四年～四八年

昭和四四年

ゲーテの詩集片手に花見かな

図書館の屋根に揺れゐて花は葉に

妻明日の教材研究明易し

舟小屋に足裏見せゐて三尺寝

子と庭に出て銀漢の空仰ぐ

渡舟場へ行くまでの路地小豆干す

ランプ吊り能登も果なる宿夜長

どこからか蝶の舞ひ飛ぶ野路の秋

船箪笥置き菊活けて使丁たり

石膏を積み出す港秋深む

女人高野の天突く山の秋深む

朝寒や鏡に写つる塔五重

回廊に秋日のこぼれ法隆寺

秋晴の奈良にゐてふと家のこと

風鐸に手触れて見たく秋の雲

一刀彫の塔《あららぎ》を売る茶屋の秋

酒蔵の家紋欠け落ち路地落葉

田の中に墓あり冬の蝶こぼれ

神棚の下に広げて餅筵

昭和四五年

海女町はみな戸を閉めて春時雨

大梯子土間に立て掛け燕の巣

隣家と言えど八丁海苔の村

海荒れて海苔簀を編むの外になし

幾度も海苔簀を編みしところ訪ふ

海女の墓海を眼下に下萌ゆる

黄昏てなを混む花の茶店かな

夜桜の上に聳える天主閣

泛子の綱たぐり寄せれば卯浪立つ

網起し見て民宿の夏の炉に

とびとびに藁屋瓦家青嵐

梅雨晴や足だけ見えて絵画展

夏潮のふくるる船の入り来れば

外人の寄進札貼り若葉寺

寺の磴掃きたるあとの一葉かな

滝不動までの山路にこぼれ萩

芭蕉句碑虚子句碑落柿舎秋深し

碑に蝶の飛んで祇王寺秋深し

秋の旅去来の墓を詣で終ゆ

つづれ織ることが生活の秋灯下

時計の捻子巻いて明日より三学期

菰垂らし奥の牛小屋深雪中

つり銭に鱈の鱗のついて来し

婚約の交はさるる夜の吹雪かな

北国の海の暗さよ冬に入る

寒灯を顔に引寄せつづれ織る

昭和四六年

桃山の書院涼しき妙成寺

その下に伝蔵碑あり楠青葉

嵯峨の空晴れ渡りたる去来の忌

紙鳶を飛ばして子等の路地小春

夕霧や河口より出る転馬船

炉に寄りて黙つてゐてもみな親し

沖晴れて佐渡の見えゐる冬の浦

莫蓙蓆上座に敷いて神迎ふ

生きてゐる鰤手づかみに躍られけり

舸子衆の籤引き鰤を分け合へる

逃げまどふ冬蛸捉へ饠られけり

鰤船の舸子を呼びゐる汽笛なる

昭和四七年

吹いてゐる顔の写るやシャボン玉

境内に子らの相撲場藤の花

十薬や軍艦島の見ゆる径

東山村四十戸秋蚕飼ふ

山寺や畳積み上げ秋蚕飼ふ

奥能登の果の燈台雁渡る

秋水に沈む石みなまんまん丸《まろ》く

黒板に寺役の予定夜長の灯

鶸の籠軒に吊下げ海士の路地

鵯鳴くや竹藪深き流人墓地

船焚火消へしまゝ着く晩起舟

船焚火猛り沖航く朝起舟

箸神の箸の乱れて留守の宮

昭和四八年

雛の間の奥を灯してありにけり

すぐ裏に船着場あり余寒宿

蚕家も花菜畑も川に沿ひ
花菜漬母のつくりしものなれば
散る花に心遊ばせ旅にあり

夏萩の咲いてそれより山路急

嫁ぎ来て袋掛けにも少し慣れ

都草流人の墓へ径けはし

釣舟の戻りを急ぐ沖に虹

闇の声稲掛けゐるは父と母

寺掃除しに来しと言ふ着ぶくれて

着ぶくれてゐて汗ばんでをりにけり

漁火か島の灯か寒の雨

避暑の宿

昭和四九年〜五三年

昭和四九年

春雪の大空ところどころ晴れ

街中に海女の墓あり犬ふぐり

入港のどれも春鯖満載し

草刈の学僧一人鎌を磨ぐ

浦の子等海暮るるまで泳ぎをり

舊道に残りし村や葉鶏頭

ちちろ鳴き寂しき雨の朝かな

草の実の勲章つけて島散歩

九百の全校朝礼赤い羽根

面壁や冬の蚊飛んで来る坐禅

臘八の警策受けて合掌す

寒鯉の群るる辺の水紅く

昭和五〇年

能登虚子忌修して交はす酒少し

ふと旅に出たくなりけり都草

朴葉飯酒酌めば鳴る銚子かな

海そこに見ゆる襖をはずしけり

千丈の崖に寄す波黒鯛を釣る

軒先の蛸突棹や避暑の宿

島の稲架舟着場まで続きをり

末枯るる裏崖照し酒房の灯

蘆火焚く子どもらにすぐ湖暮るる

崖裾に蛸壷捨てて石蕗の花

潮の香のあふるる番屋海鼠割く

対岸の温泉《ゆ》の街灯り牡蠣の海

昭和五一年

山里の雪解に鳶の高く舞ふ

残雪や海の向うの峰晴れて

酒を酌むわが春愁を誰も知らず

堤防に並べ簀干しの桜烏賊

畦塗を一と日休みて湯治かな

誰か来る気配のありて著莪の雨

人聲のしてゐて見えず螢狩

岨道や岩菲の藪も通りたる

夏の爐に火の気なくても座る癖

砂つけて海よりあがり来る裸

鬼百合や乃木将軍の自筆の碑

お茶室の花鳥諷詠額涼し

秋山路燈台見えてゐて遠し

塩焚きし釜跡遺り島の秋

鰯船入港舸子等総立に

撰台の鰯余りてこぼれ落つ

何か良きことのありさう衣被

刈るにまだ早き荒礎の稲田かな

石山の軍旗も拝み秋惜む

朝市の干柿ひさぐ縄のまま

しぐるるや港の見ゆる丘の寺

蛸捕つて来し子のズボン爐に干せる

朝市へ冬至南瓜の荷を積みて

かけ流す野球放送魦簗

人寄れば人に鯋の網上ぐる

父の亡きことにも慣れて雑煮かな

送迎のロビー混雑松の内

昭和五二年

夜櫻に出拂ひ宿は誰もゐず

菖蒲湯に浸りて明日は京へ旅

水馬流るる影も流れけり

この道は港へつづく夏柳

寺涼し奥の廊下にピアノ置き

扇風機吾にかかはりなく廻る

夏枯といふ鱰市に大鮫が

父の墓訪ふめはじきの畦伝ひ

出稼ぎに心急かされ稲架たたむ

大寒の真夜の小駅に一人降り

昭和五三年

春寒の小鉢に芽吹くものは何

山鳴の淋しき一と日針供養

薇にをとこをみなと言ふ区別

門入りて大きな館夜の新樹

山車を曳く男の勢ひ木遣歌

祭見の人にふくれし港町

梅雨冷の身をいとをしむ窓を閉ぢ

窓開けて寝てゐし部屋に螢舞ふ

山の端に日の傾きて法師蝉

砂利船の繋りたるのみ冬の港

日溜に冬菜をひさぐ朝市女

奥能登の民宿に泊つ深雪の夜

大鮫ののたうつ寒の糶場かな

雪卸中庭高くなりしかな

蜜柑狩

昭和五四年〜五八年

昭和五四年

耀の山離れ跳ねゐる鱒一匹

夜桜に雪洞揺るるほどの風

著莪咲いて藪径狭くなりにけり

桟橋の端に腰かけ夕涼み

家涼し沖見窓てふもの遺り

神の杜深く閑かや法師蝉

天領の回船問屋秋簾

さやけしや黄昏鐘を聴く夕べ

総持寺の朝課にも会ひ爽やかに

十六夜の月の出を待ち山仰ぐ

俳諧を守り奥能登に守武忌

朝寒や行鉢の粥受けにけり

銀杏を拾ひに来しと蜑親子

烏賊釣の夫を待ちつつ椎拾ふ

縄跳の子供等路地に冬来る

竹瓮舟今日出てをらず波荒し

師を訪ふて終はりし旅や年の暮

舫舟みな榊立て松の内

昭和五五年

早春の拭きて明るき大玻瑠戸

鳥の巣をとりしことども遠き日よ

芍薬の芽の二三寸なりし庭

師の一語心にとどめ夕牡丹

桐の花旅も終りに近きころ

代田今掻かれしばかり濁りをり

山荘の暮れゆく窓に水鶏鳴く

梅雨出水郡上八幡旅の宿

雲影の飛びゆく迅さ稲の花

鷺啼いて渡る大空星月夜

赤蜻蛉算盤塾へ急ぐ子等

空稲架に鴉の止まりゐる日和

拝殿の注連縄垂れて神の留守

千枚田明日大寒といふしまき

琴の音の流るる街や松の内

昭和五六年

原爆の街に折しも春の雪

瀬戸内の島一望に春の雪

藍色に変はりつつ東風吹ける海

耕や畦に上衣を脱ぎ捨てて

廃鉱の屋根赤錆びし遅桜

菜の花や昔小魚獲りし川

千枚田崖に一と本遅桜

孑孑に雨の降るなり手水鉢

起きぬけに聞くほととぎす山の寺

鍾乳洞出でし黄昏蚊喰鳥

霧霽れておもむろに島現はるる

近づけば綿虫乱れ飛ぶ狭庭

慰霊碑にひとり額づき風花す

旅二日紀州の密柑狩もして

昭和五七年

冬紅葉山の上まで家並び

紀州路の石蕗咲く磯を過ぐ電車

海近き方より枯れて来たる畦

千枚田守りて四五戸や苗代寒

昭和五八年

石楠花の大鉢置かれありし宿

二間槍長押にかかり暮の春

夕牡丹唯静まれるところかな

荷車に積み残しある西瓜かな

潮騒に冬の茜の千枚田

畦草の枯れて暖かさうな色

島そこに霜月の潮碧かりき

冬涛と言ふにはおだやか過ぎる湾

海鼠舟

昭和五九年〜六三年

昭和五九年

転勤の挨拶芹を摘む人に

労働祭雨傘ばかり目立つなり

城址より眺むる港夏霞

余り苗畦に転がりゐる三束

紙魚食ひし葛籠の中の絵本かな

山裾に村へばりつき秋深む

千枚田瀧のごとくに落し水

返り咲くちらちらちらと小米花

畦焼のすみたる畦とまだの畦

昭和六〇年

桜島賊選りゐる舸子に汐吹ける

七ツ島あたりの晴れて大卯浪

崖降りて野蕗を摘みて来し人も

畚《もっこ》より泥鰌現はれ溝浚へ

陶房に轆轤の響き葵咲く

白樺に吹く湖の風涼し

寺の屋根までも伝ひて凌霄花

着いてすぐ吾も踊の輪の中へ

かなかなに旅の一夜の明けにけり

観察の子等に南瓜の花大き

鐘楼に木の実の落つることしきり

座布団を敷きつ放しに杜氏溜

遠山を覆ひかくして吹雪来る

歩いても歩いても雪解風まとも

昭和六一年

一と走り朝市の独活買ひに行く

雪渓を踏越へて来し今小屋に

雪渓の暮れて山小屋灯の遠く

盆の市いつもの場所に種物屋

蛸捕の人等出てゐる浦の秋

豆稲架に今日の海風柔かし

蜑の家風除高くして住める

雪吊の温泉の宿どこも朝日受け
温泉の街を歩く冬日を浴びながら
近づいて来しが潜りてかいつぶり

昭和六二年

岩場まで舟漕ぎ出して海苔を掻く

朝市の箱の栄螺の動きをり

芭蕉巻葉離れ座敷の灯りをり

薔薇咲いてヘリコプターの飛ぶ日和

一と泳ぎしてそれよりは網を曳く

夏潮を吐き船腹の洗はるる

冬枯のもの庭石の裾にまで

昭和六三年

緩やかに散る花びらに流れ急

花曇教員室の灯りかな

外にまだ野球の子等や春灯

登校子桜鯎を持て来たる

奥能登の雨に朝より落花かな

祭宿路地を抜けたるところ海

蚊遣香腰にぶら下げ山仕事

ホテルの灯川面に写し鵜飼待つ

鵜飼待つばかり提灯火の入りし

長良川暮れきし花火上げ始む

鑼札を貼りし秋蛸逃げ出せる

更けし夜の離れに独り蟲を聴く

無花果や使はぬ網を庭に積み

山峡も湯宿も暮れし十三夜

高潮の襲ふ千里浜冬近し

糶市場見て来し宿の爐に寄れる

家持の詠みし長濱海鼠舟

授業終へスキーの話はづみをり

初日影波の寄せ来る鳥居かな

風花や電話ボックス人を吐く

後記

私の俳句作りは、新聞・ラジオ俳壇への投句に始まって、各種句会や俳誌に拠って次第に俳句の楽しさや奥深さを体得するようになった。現在は前記の他、奥能登探勝句会、三松句会等に出席し、「あらうみ」「ホトトギス」「田鶴誌」に所属し只管作句を続けている。

俳句を作り始めてより五〇年、傘寿も過ぎたので「これまでに作句したものを整理しよう」と思いつつなかなか実行に移さずにいた。そんなある日、『現代・北陸俳人選集』監修委員会を通して「句集を上梓してはどうか」とのお話しを戴き、また数名の俳人から句集が次々と送られてきた。生来怠惰な私であるが、「これは唯黙っている訳にはいかないぞ!!」と言う気持ちが湧き起こって来たのである。作品の整理に取りかかって約四か月、この程ようやく原稿も整った。

本句集には、私の句歴五〇数年間のうち、昭和三九年から六三年まで、初期から二五年間の三三一句を収録し、五年ごとにタイトルと年代を付け春夏秋冬の季題順に掲載した。

句集の題名「雪渓」は、昭和三八年に、職場の先輩方と登山をした思い出深い句から採ったものである。

帯の自選十句は、「ホトトギス」誌の高浜年尾、稲畑汀子両先生選のものから、句集に掲載した順に並べた。

句集上梓に当り、諸先生方や多くの仲間にご指導ご鞭撻いただいたこれまでを感謝すると共に、松本松魚先生、能登印刷出版部の奥平三之氏のご厚意、ご尽力に深甚なる敬意を表し擱筆といたします。

平成二八年一月

宮前はやを

宮前はやを　●みやまえ　はやを（本名：速男　はやお）

一九三二年一一月一八日、石川県珠洲市若山町経念に生れる

「あらうみ」「ホトトギス」同人
日本伝統俳句協会　参与
石川県俳文学協会　参与
珠洲市俳文学協会　顧問

著書
合同句集『彩虹』

現住所　石川県珠洲市若山町経念11—56

現代・北陸俳人選集
宮前はやを句集「雪渓」

二〇一六年四月一〇日発行

著　者　宮前はやを
監　修　「現代・北陸俳人選集」監修委員会
中坪達哉、石工冬青、片桐久恵、蒲田美音、川井城子、坂田直彦
白井重之、新保吉章、神保弥生、高村寿山、松田郷人、真野　賢
室井千鶴子、森野　稔、八尾とおる、若土白羊
千田一路、宮地英子、松本詩葉子、宮田　勝、松本美簾
松本松魚、亀田蒼石、田中清子、堀口紀子、藤江紫紅
発行者　能登隆市
発行所　能登印刷出版部
〒九二〇－〇八五五　金沢市武蔵町七－一〇
ＴＥＬ　〇七六－二二二－四五九五
編　集　能登印刷出版部・奥平三之
印刷所　能登印刷株式会社

ISBN978-4-89010-691-2

新・北陸現代歌人選集

□既刊

宮下外次郎歌集	『道の辺』	四六判・122頁	定価1800円（税別）
山崎国子歌集	『夕照《ゆうで》り』	四六判・156頁	定価1800円（税別）
中藤久子歌集	『百年のひかり』	四六判・158頁	定価1800円（税別）
横内ひとみ歌集	『薔薇の喪失』	四六判・134頁	定価1800円（税別）
松浦哲歌集	『天鼓《てんく》』	四六判・124頁	定価1800円（税別）
坂本朝子歌集	『影の木』	四六判・144頁	定価1800円（税別）
久泉迪雄歌集	『季をわたる』	四六判・144頁	定価1800円（税別）
敷田千枝子歌集	『えぷろんの歌』	四六判・150頁	定価1800円（税別）

新・北陸現代俳人選集

□既刊

坂田直彦句集	『涼風』	四六判・156頁	定価1800円（税別）
坂田紀枝句集	『萩の露』	四六判・156頁	定価1800円（税別）
町田忠治句集	『冷し瓜』	四六判・136頁	定価1800円（税別）
四柳嘉照句集	『一輪草』	四六判・132頁	定価1800円（税別）
中瀬英夫句集	『青葉木菟』	四六判・144頁	定価1800円（税別）